INVENTAIRE
Yc 26.879

AF249833

Y

POËME

SUR

LE GLOBE,

Par M. Luce de Lancival, Etudiant en Philofophie dans l'Univerfité de Paris.

. . . . *Cedat fabula vero.*

Prix, 12 fols broché.

A PARIS,

Chez les Marchands de Nouveautés.

M. DCC. LXXXIV.

POËME
SUR
LE GLOBE.

D'UN front majestueux & rayonnant de gloire,
Le Dédale François, le Conquérant des airs,
MONTGOLFIER, s'élevoit, conduit par la victoire;
Comme un point, à ses yeux, paroissoit l'Univers.
  Déja l'étonnante Machine,
  Dont son génie est l'inventeur,
Touchoit presque le Ciel, & des astres voisine,
D'un Art si beau sembloit y conduire l'Auteur.
  Les Dieux étoient alors à table.
Jupin laisse tomber un coup-d'œil au hasard :
« Que vois-je, cria-t-il d'une voix formidable?
  Un Globe !... des Mortels !... un Char !...
Vers l'Olympe on s'avance, on nous attaque... aux armes.
Où sont mes foudres ?... vîte, accourez, Mars, Bacchus,
Minerve,... tous les Dieux ». Les Dieux sont en alarmes;
On court : on tremble : on fuit : ils se croient vaincus,
Même avant de combattre.... Un messager céleste
Est à la découverte aussi-tôt envoyé.

A ij

Il part, vole, revient, de la voix & du geste
S'efforce de calmer tout l'Olympe effrayé ;
    Et dès qu'il peut se faire entendre,
« Il est François !...ici sans crainte on peut l'attendre :
Les François de tous temps des Dieux furent amis....»
Au doux nom de François, de sa frayeur remis,
    Bientôt tout l'Olympe respire :
    Honteux d'avoir tremblé, les Dieux
    A peine osent lever les yeux ;
    On se regarde sans rien dire :
On rougit, on se cache, & l'on finit par rire.

    Cependant Jupiter ordonne aux immortels
De le suivre au conseil & d'y prendre leur place,
    Pour décider si des mortels
On doit encourager ou réprimer l'audace.

    Les Dieux (on le sent bien) ne furent point d'accord :
Pour leur intérêt propre abandonnant les nôtres,
Quelques-uns au génie osèrent donner tort ;
    Il eut raison, selon les autres.
Le Globe fut loué, fut blâmé tour à tour.
Jupiter, comme Roi de la troupe céleste,
Pérora le premier, fit entendre à la cour
Que cette invention pouvoit être funeste.
    Il leur rappella des Géants
    Les complots & la perfidie.
« Qui sait, dit-il, qui sait si de nouveaux Titans,
    Par une entreprise hardie,

Ne veulent fignaler leurs bras audacieux,
Me ravir le tonnerre & s'emparer des Cieux?
Ils ont déja trouvé l'art d'imiter ma foudre;
Leurs traits, comme les miens, favent réduire en poudre;
Que leur faut-il de plus? A l'aide des Ballons,
Des milliers de mortels pourront monter, defcendre,
Environner le Ciel de nombreux bataillons,
De près, de loin, fans cefle attaquer, fe défendre....
Où feriez-vous alors? vous autres que jadis
   L'afpect de quelques ennemis,
Dont la rage ignoroit ces reffources nouvelles,
Mit en fuite, & qu'on vit, dans des tranfes cruelles,
Mendier un afyle aux fauvages humains;
De la fertile Egypte animer les jardins;
Devenir arbres, fleurs; des bois peupler les ombres,
Quitter l'Olympe enfin pour des cavernes fombres,
Et pour les eaux du Nil oublier le nectar?
Dans les mains des François, ajouta-t-il, cet art
Contre les Dieux jamais ne tourneroit fans doute;
S'ils veulent que l'Anglois les craigne & les redoute,
Ils refpectent les Dieux & favent les aimer.
   Contre fa future patrie,
   LOUIS pourroit-il donc s'armer?
Non, non: fa race augufte, & par-tout fi chérie,
N'a, pour venir ici, nul befoin des Ballons,
Toujours l'Olympe s'ouvre à la voix des BOURBONS.
Mais LOUIS fous fes loix n'a point toute la terre:
Ce qu'il ne feroit pas, d'autres le pourroient faire,

Et le Ballon enfin nous perdroit tôt ou tard »,
Jupiter conclut donc à condamner un art
Dont l'homme pourroit faire un usage perfide.
        D'un Globe en l'air la nouveauté
        Alarma sa divinité ;
Et le plus grand des Dieux parut le plus timide.

    Junon à son discours se hâta d'applaudir :
        Ce fut contre son ordinaire ;
Car, si j'en crois la Fable, ils ne s'accordoient guère :
Mais elle eut ses raisons pour autrement agir
        Dans la présente affaire.
Junon étoit jalouse : elle craignit, dit-on,
Que les Vénus de France ou de la Géorgie,
Dont les brillants attraits font en si grand renom,
De plaire à son époux n'eussent aussi l'envie,
Et qu'au Ciel le Ballon voiturant la beauté,
N'ouvrît un champ sans borne à l'infidélité :
Elle connoît Jupin, & sait que le compere,
Des nœuds sacrés d'hymen ne s'embarrasse guère :
Lui qu'on vit autrefois, esclave de l'amour,
Se déguiser en fleuve, en cygne, en taureau même,
Pour tromper sans pudeur une épouse qui l'aime,
Seroit-il donc plus sage, en voyant à sa cour,
Et la brune & la blonde, & duchesse & bergere,
De lui plaire à l'envi sollicitant l'honneur,
Etaler des appas enviés à Cythere,
Et de pieges sans nombre environner son cœur ?

Junon raifonnoit bien : aufli, fans plus attendre,
Cette Déefle au feu condamna le Ballon.

Mars fe levant alors, prit fur un autre ton :
    A Jupiter il fit entendre
Qu'il fe déshonoroit par de vaines frayeurs.
« Une frêle machine alarmeroit nos cœurs !....
Se peut-il qu'à ce point Jupiter s'avilifle ?.... »
Il lui repréfenta qu'il fied mal à des Dieux
De craindre des mortels, ou d'en être envieux ;
Qu'enfin brûler le Globe étoit une injuftice.
Mars parloit en Héros, en vrai Dieu des combats ;
    Mais Mars aux Dieux ne difoit pas
Le fin mot de fon zele. Il déguifoit la joie
Que fon barbare cœur favouroit en fecret :
De carnage & de fang d'avance il s'enivroit.
« L'Univers, penfoit-il, va donc être ma proie :
Les mortels en tous lieux reconnoîtront mes loix ;
Sur la terre & fur l'onde ils écoutoient ma voix,
Grace au Ballon, dans l'air ils vont aufli fe battre :
Il manquoit à ma rage encore ce théâtre ».
Le Globe eut donc dans Mars un zélé partifan ;
Mais il eut dans Phébus un terrible adverfaire.

Ce Dieu prit la parole, & d'un air féduifant,
« Je fuis fâché qu'au tien mon avis foit contraire,
    Dit-il en s'adreffant à Mars ;
Mais je ne puis trahir l'intérêt des beaux arts.

A iv

Défendre ſes enfants, c'eſt le devoir d'un pere.
Qui donc, pourſuivit-il d'un ton un peu colere,
  Ne voit que cette invention,
  Bientôt ſur la docte colline,
  Va jetter la confuſion?
  Bientôt ceux qui, juſqu'à l'échine,
Croupiſſoient enfoncés dans le fatal bourbier,
Sans avoir encor pu, fatigués, hors d'haleine,
Saiſir, en graviſſant, le plus foible laurier,
A l'aide d'un Ballon, vont s'élever ſans peine,
Du Pinde inacceſſible atteindre la hauteur,
Et l'Auteur inconnu de vers froids, durs ou fades,
Déſormais de Pégaſe évitant les ruades,
Croira marcher l'égal du plus ſublime Auteur.
  Alors on verroit les * * *
  A peine ſortis de leur fange,
A côté des de Lille avec orgueil placés,
Pour être là montés par la même voiture,
Des mêmes dons ſe croire ornés par la Nature,
Et, comme leurs voiſins, vouloir être encenſés.
Sur le même gazon, on verroit la ſottiſe,
En face du génie, effrontément aſſiſe;
Enfin l'aigle & l'oiſon n'auroient plus déſormais
Qu'un même vol..... » Ici chacun ſe mit à rire :
  Les Dieux parurent ſatisfaits,
  Et l'on vit Mars même ſourire.

Phébus tout triomphant, crut que de ſon procès

Le gain étoit sûr, infaillible ;
Mais Bacchus, malgré ce succès,
Ne crut pas Phébus invincible.
« Très-volontiers, dit-il, j'applaudis Apollon ;
Car j'aime la plaisanterie,
Et d'une harangue fleurie,
Je suis l'admirateur, quand elle est de saison ;
Mais ici c'est une autre histoire,
Et pour gagner, j'ai peine à croire
Qu'il suffise de plaisanter.
Pour moi, je suis d'avis que, sans plus disputer,
Du Globe on permette l'usage.
Car enfin je n'y vois aucun risque à courir,
Et je pourrois dans peu vous faire convenir
Qu'il renferme un grand avantage..... »
A ces mots on vit tous les Dieux
Inquiets, ardents, curieux,
Prier, presser Bacchus d'en dire davantage :
Bacchus se tut, Bacchus fut sage.
Il savoit que presque toujours,
Bien mieux que les conseils, agit l'impatience ;
Et qu'une adroite réticence
Opere plus qu'un long discours.
D'ailleurs d'une douce surprise
Bacchus vouloit aux Dieux procurer le plaisir.
« Si des mortels on favorise
L'invention, je veux, se dit-il, à loisir
Transporter dans l'Olympe, & Champagne, & Bourgogne ;

Et, pour nectar, servant ce jus délicieux,
Je veux, à chaque pas, voir chanceler les Dieux ;
Je veux que désormais leur unique besogne
Soit de boire à longs traits cet aimable poison ;
Par le charme inconnu d'une si douce ivresse,
Je veux de Jupiter endormir la raison,
Et de Pallas la prude égayer la sagesse ».

Ainsi pensoit Bacchus. Mercure vint après.
En qualité de Dieu de la coquine engeance,
Chacun crut que du Globe il prendroit la défense ;
Pour les fripons le Globe est, dit-on, fait exprès.
    Mercure trompa leur attente :
    Il plaida contre le Ballon,
    Et son éloquence prudente
    Conclut à sa destruction.
    Mais le conseil à sa critique
    Ne parut guère avoir égard.
    On devina sa politique ;
    Cé Dieu craignoit que tôt ou tard,
Le Globe ayant rendu ses aîles inutiles,
    Jupiter, parmi les mortels,
Ne cherchât, ne trouvât des agens plus habiles,
    Plus clairvoyans ou plus fidels ;
    Et que de quelque Ganimede
    Pour messager il ne fît choix.
    Sans cette crainte qui l'obsede,
    Au Globe il eût donné sa voix.

Quand Mercure eut fini, Vénus, d'un air timide,
Se leva. Tous les yeux, tous les cœurs à l'inflant
Vers elle font fixés. La Déeſſe de Gnide
En faveur du Ballon pérora vivement.
Ses raiſons cependant n'étoient pas convaincantes ;
Mais ces yeux féduĉteurs, mais ces graces piquantes,
Cet air voluptueux, ce fourire charmant,
Etoient pour tous les Dieux un puiſſant argument.
    Ah ! quand c'eſt la beauté qui plaide,
    On n'a bientôt qu'un fentiment ;
Au pouvoir de fes yeux tout obéit, tout cede,
Et fon juge n'eſt plus que fon premier client :
    Vénus fentant que fa harangue
Avoit fur tous les Dieux produit un grand effet,
Sourit, & n'étant plus maîtreſſe de fa langue,
    Elle court d'un air fatisfait,
De fa joie à fon fils confier le myſtere.
« Triomphe, Amour, dit-elle, applaudis à ta mere :
    Bientôt tu verras les mortels,
Franchiſſant d'un feul vol cette immenfe barriere
    Qui du ciel féparoit la terre,
Venir jufqu'en ces lieux me dreſſer des autels ;
Rois, Princes, Ducs, Guerriers, Magiſtrats, Abbés même,
Ils vont tous déferter le terreſtre féjour :
    La houlette & le diadême
    Seront confondus à ma cour :
Je verrai les mortels & les Dieux, tour à tour,
Adorer en tremblant ma puiſſance fuprême.....

Fort bien, dit Cupidon ; mais fi certaine Iris,
Qui cache fous les traits de l'humble modeftie,
Des graces, des appas, dont tout cœur eft épris,
De voyager en l'air alloit avoir l'envie ! ....
  Si le defir de plaire aux Dieux
S'emparoit de fon cœur..... Vénus, quelle rivale ! ....
Elle feule, crois-moi, regneroit dans les Cieux,
Et bientôt fa beauté, cette beauté fatale,
Qui déja fur la terre a brifé tes autels,
Te raviroit encor l'encens des immortels.... »
Vénus rougit, Amour n'en dit pas davantage,
  Et craignant d'augmenter fa rage,
  De fa rivale il tût le nom ;
  Et je crois qu'Amour eut raifon.

  Minerve enfin parut. Minerve étoit trop fage,
   Pour blâmer auffi le Ballon :
   Elle eût blâmé fon propre ouvrage,
   Puifqu'elle-même avoit, dit-on,
   De cette belle invention
Appris à MONTGOLFIER le fecret & l'ufage
   Minerve d'un autre côté
   Ne vouloit point par trop de zele,
   Faire croire que c'étoit elle
   Qui du Globe avoit inventé
   Et dirigé l'expérience.
   Mais la Déeffe d'embarras
Sut fe tirer. Elle eft mere de la prudence ;

Sa fille en ce moment ne l'abandonna pas.

 « Je crois avoir trouvé, dit-elle,

 Pour terminer toute querelle,

Un moyen sûr. Tandis que cet Art si nouveau

 N'est peut-être qu'à son aurore ;

Tandis que des mortels, à peine en son berceau,

Le génie impuissant ne peut nous nuire encore,

Enlevons le Ballon ; enlevons MONTGOLFIER.

 Faisons un astre du premier ;

Au second parmi nous accordons une place ;

Par l'immortalité punissons son audace :

Et nous saurons enfin, en suivant ce projet,

Accorder notre gloire avec notre intérêt ».

 Par un favorable murmure,

 A ces mots les Dieux d'applaudir ;

Et déja Jupiter ordonnoit à Mercure

 D'aller sur le champ se saisir

Du Globe & du Héros.... Tout à coup un Génie

L'interrompant, lui dit : « Si par ce beau projet

Vous espérez du Globe étouffer le secret,

Vous vous trompez : un autre a du même génie

Reçu le don, ce don qui vous paroît fatal.

Dans l'art de fendre l'air & de voler sans aîles,

Le sage MONTGOLFIER reconnoît un rival.

Bientôt vous verrez CHARLE aux voûtes immortelles,

Par un moyen nouveau, dont il est l'inventeur,

Lancer avec succès cette même Machine,

Dont l'aspect parmi nous a jetté la terreur,

Et nous a fait du Ciel craindre à tous la ruine.

Encore si ces deux rivaux,

N'affociant perfonne à leurs nobles travaux,

Sur leur Art avoient fu fe taire !....

Mais cet Art n'eft plus un myftere :

'Aux Charle, aux Montgolfier, les Roberts, les Blanchard

Bientôt vont fuccéder, & dans un même char,

Nouveaux triomphateurs, prendre hardiment leur place.

Ces Héros chaque jour verront croître leur race.

Déja pour confident & pour imitateur,

Ils ont Paris entier, & pour admirateur,

L'Univers.....» Arrêtés par ce nouvel obftacle,

Les Dieux fans doute alloient encore difputer.

Tout à coup, comme par miracle,

La raifon vint à Jupiter.

« Je crois connoître enfin, dit-il d'un ton févere,

Le fecret Artifan de cette invention.

Il m'entend, je le vois, & Minerve eft fon nom.....,

Minerve, ajouta-t-il, fi tu crains ma colere,

Garde-toi de prêter déformais ton fecours

A ces audacieux : qu'ils ignorent toujours

L'art de bien diriger leur fragile voiture :

Qu'en l'air le Globe errant voltige à l'aventure ;

C'eft trop pour des mortels de l'avoir inventé ».

Minerve aux Dieux promit ce que les Dieux voulurent,

Et le Ballon alors étant peu redouté,

Les Dieux en fa faveur tous d'une voix conclurent.

Montgolfier! Charle! ô vous, quoi qu'en dife Jupin,
Les vrais, les feuls Auteurs de cet Art tout divin,
    A fa craintive jaloufie,
Oppofez conftamment les efforts du génie :
Qu'ainfi que vos talents, vos cœurs foient réunis :
    Tour à tour étonnant la terre,
Soyez toujours rivaux, fans ceffer d'être amis.
Bientôt victorieux & bravant le tonnerre,
Vous faurez, pouffant l'Art à fa perfection,
Même en dépit des Dieux, diriger le Ballon.

BIBLIOTHÈQUE ROYALE

F I N.

www.ingramcontent.com/pod-product-compliance
Lightning Source LLC
LaVergne TN
LVHW050437060726
842526LV00007B/2635